- 中華繪本系列 -

從 小 讀 經 典 6

鏡花緣

[清] 李汝珍　著

屈明月　圖

徐魯（改寫）

穿越千奇百怪的幻想國度

在中國古代的文學寶庫裏，有一本書講述的是千奇百怪的奇幻國的故事，它就是清代文學家李汝珍寫的長篇小說《鏡花緣》。

這本書講的是一個失意的讀書人、也就是小說的主人公唐敖，跟隨着他的商人親戚林之洋和一位年長的老舵手多九公，三人一起漂洋過海，在海外暢遊各種神祕和奇怪的幻想國度的歷險故事。這些奇幻國度真的是千奇百怪呢，如君子國、女兒國、大人國、勞民國、無腸國、兩面國、智佳國、穿胸國、厭火國、無繼國、深目國、白民國……

光看這些名字，就十分讓人好奇、令人嚮往。當然，它們全都是來自於作家的想像和虛構。

小說裏的三個主人公，駕駛着一艘商船，不斷地穿越這些奇怪的國度，有時身陷絕境，命懸一線；有時又化險為夷，離奇逃生；甚至還會意外地遇見從遙遠的故鄉流落到外鄉的人，並且想盡辦法救出他們……

除了這條故事線索之外，在這本書裏，還有另外一條更加帶有神話和幻想色彩的線

索，那就是：原本住在天上的仙女百花仙子，因為受到玉帝的責罰，被貶到人間，化身成了唐敖的女兒唐小山。在唐敖離家很久、遲遲不歸的時候，小山不畏艱難險阻，毅然前往海外，踏上了尋找父親的歷程……

《鏡花緣》的作者李汝珍，是清代直隸大興（就是今天的北京）人。可惜的是，史書上沒有記載過他出生和去世的年份。我們可以想像一下，他大概也像小說裏那個失意的讀書人唐敖一樣，對於當時的科舉制度沒有多大的興趣，所以也就沒有取得過甚麼「功名」。不過他是一個很有才華的人，他最大的「功名」，就是為後人留下了這部充滿想像力的奇幻小說《鏡花緣》。因為這部書，他被人稱為「學者型的小說家」。

古人早就有這樣的說法：經常照照銅鏡，可以把衣帽穿戴整齊；經常對照一下歷史，可以懂得國家興亡的道理；經常對照一下古人，可以獲得一些人生得失的經驗。

《鏡花緣》裏所講述的那一個個奇怪國度裏的不同的生活方式，其實正是作者送給我們的一面面明亮的「鏡子」。它們不僅是能夠引人發笑的「哈哈鏡」，更多的是一面面能夠引起我們警覺、思索、羞愧、嚮往的心靈的明鏡。

那麼，親愛的小朋友們，請先從我們改寫的這本故事書開始閱讀吧。

等你長大以後，一定記得要去看原著哦！

目 錄

蟠桃會

今天是天上的老神仙王母娘娘的生日。

天剛蒙蒙亮，海面上就升起了一片紅彤彤的霞光。

一大早，美麗的百花仙子就開始給王母娘娘準備生日禮物。

不一會兒，百草仙子、百果仙子和百穀仙子三位仙姑，也駕着白雲飄過來了。

她們要一起到遙遠的崑崙山去，給王母娘娘祝賀生日。

_{bù yí huìr} ，_{bǎi cǎo xiān}
不一會兒，百草仙
_{zǐ bǎi guǒ xiān zǐ hé bǎi gǔ xiān}
子、百果仙子和百穀仙
_{zǐ jiù lái dào le kūn lún shān shang}
子就來到了崑崙山上。

_{pán táo huì hǎo rè nao ya} _{wáng mǔ niáng niang zuò zài shén xiān men zhōng}
蟠桃會好熱鬧呀！王母娘娘坐在神仙們中
_{jiān dà jiā yì biān chī zhe měi wèi de shí wù yì biān xīn shǎng zhe měi miào}
間，大家一邊吃着美味的食物，一邊欣賞着美妙
_{de gē wǔ}
的歌舞。

這時，嫦娥對百花仙子說：「你不是掌管天下百花的開放嗎？那就請你發一道號令，讓所有的花一起盛開，為老壽星祝賀生日，好不好？」

百花仙子連忙搖搖頭說：「嫦娥姐姐，每一朵花的開放，都有一定的季節，哪能說開就開呢！我雖然掌管天下的百花，但也不能命令百花何時開放。姐姐的想法太讓我為難了，我辦不到呀！」

仙姑打賭

嫦娥聽了，有點兒不高興了。她說：「哎呀，百花仙姑真是小氣！算了算了，就當我沒說吧！」

百花仙子說：「甚麼時候開甚麼花，這是玉皇大帝說了算的。就算是地上的皇帝下了命令，我也不能隨便答應的。」

cháng é shuō　　zhè kě shì nǐ shuō de
嫦娥說：「這可是你說的
ya　　jiù suàn shì dì shang de huáng dì xià lìng
呀！就算是地上的皇帝下令
ràng bǎi huā kāi fàng　nǐ yě bú huì suí yì dá
讓百花開放，你也不會隨意答
yìng de　rú guǒ yǐ hòu nǐ wéi bèi le zhè ge
應的。如果以後你違背了這個
shì yán　　nà gāi zěn yàng shòu fá ne
誓言，那該怎樣受罰呢？」

bǎi huā xiān zǐ shuō　　wǒ kě yǐ hé nǐ dǎ yí gè dǔ
百花仙子說：「我可以和你打一個賭：
jiǎ rú yǒu yì tiān　wǒ zhēn de tīng xìn le dì shang de huáng dì
假如有一天，我真的聽信了地上的皇帝
de mìng lìng　ràng bǎi huā bú àn zhào jì jié shùn xù hú luàn kāi fàng
的命令，讓百花不按照季節順序胡亂開放
le　nà wǒ qíng yuàn bú zài dāng shén xiān　zì yuàn dào rén jiān qù
了，那我情願不再當神仙，自願到人間去
shòu kǔ
受苦！」

女皇的命令

yì tiān yòu yì tiān guò qù le
一天又一天過去了。

zhè ge shí hou　　zài rén jiān　　chū xiàn le yí gè
這個時候，在人間，出現了一個
qiáng dà de guó jiā　　　　táng cháo
強大的國家——唐朝。

bù jiǔ　　táng cháo de huáng dì qù shì le　huáng hòu wǔ zé tiān dāng le nǚ huáng
不久，唐朝的皇帝去世了，皇后武則天當了女皇。

這一天，大
雪紛飛，天氣
格外地冷。

女皇正在和公主一起
欣賞雪景。突然，她看見
院子裏有幾株臘梅花悄悄地
開了。

女皇望着粉紅色的臘
梅花，心想：「如果這時候
所有的花都一起為我開放，
那該有多好啊！」

13

鏡花緣

yú shì　　tā gěi bǎi huā xiān zǐ xià le yí dào mìng lìng　ràng suǒ yǒu
於是，她給百花仙子下了一道命令：讓所有
de huā lián yè shèng kāi
的花連夜盛開！

bù rán de huà　　jiù bǎ tiān
「不然的話，就把天
xià suǒ yǒu de huā cǎo dōu gěi bá le
下所有的花草都給拔了！」

冬天裏的百花

這時候，百花仙子正好出門遠遊去了。

別的花仙子害怕女皇會拔掉所有的花草，就只好答應了女皇的要求，在天亮以前，都來到女皇的花園裏盛開了。

天色大亮以後，女皇醒來了。她睜開眼睛一看，花園裏開滿了花，有桂花、菊花、海棠，還有玉蘭和杜鵑……「天哪！這麼多的花朵，怎麼都在冬天開放了？」

就在這時，負責管理花園的
人來報告說：「報告女皇，您的美
夢成真了！花園裏百花齊放，好
美啊！」

女皇一聽，十分高興，馬上
下令說：「太好了！我要在花園裏
舉行一場賞花宴會。」

鏡花緣

百花仙子受罰

這時候，百花仙子在外面雲遊了幾天以後，回到了家裏。

她弄明白了事情的經過，心情沉重地說：「唉！我和嫦娥姐姐在蟠桃會上打的賭，是我輸了！」

因為百花仙子和各位花仙子違背了玉帝定下的規矩，讓花兒不按季節開放。玉帝很生氣，就決定把她們全部罰到人間去受苦。

不久，下凡的時刻到了，百花仙子和天上的姐妹們一一告別，下凡到了人間。

bǎi huā xiān zǐ tóu shēng dào le lǐng nán
百花仙子投生到了嶺南
zhè ge dì fang chéng le yí gè míng jiào táng
這個地方，成了一個名叫唐
áo de dú shū rén de nǚ ér qǔ míng jiào
敖的讀書人的女兒，取名叫
táng xiǎo shān
唐小山。

xiǎo shān chū shēng de shí hou mǎn wū zi
小山出生的時候，滿屋子
dōu shì hǎo wén de huā xiāng wèi tā shēn shang yě
都是好聞的花香味，她身上也
dài zhe dàn dàn de huā xiāng
帶着淡淡的花香。

小山的爸爸

小山的爸爸唐敖是個讀書人，可是他很不快樂，因為沒有人賞識他的才華。

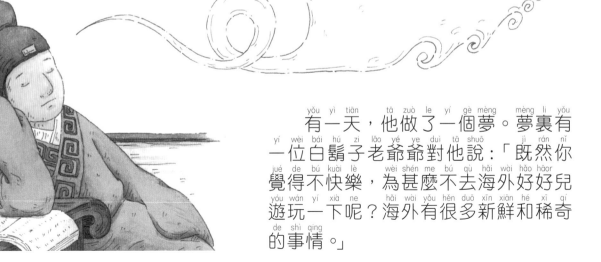

有一天，他做了一個夢。夢裏有一位白鬍子老爺爺對他說：「既然你覺得不快樂，為甚麼不去海外好好兒遊玩一下呢？海外有很多新鮮和稀奇的事情。」

老爺爺還告訴他說：「天上的花仙子們犯了過錯，下凡到了人間。」

「還有十二位仙子流落在海外，需要有人去幫助她們。」

唐敖說：「不知道我能不能幫助她們⋯⋯」

老爺爺說：「你能的，只要你能常常懷着一顆善良的心，無論做甚麼事都不怕挫折，就一定能成功！」

說完，老爺爺就隱身不見了。

出發遠航

小山的舅舅林之洋是個專門出海做
生意的人。

醒來後，唐敖才發覺自己剛
才是在做夢。

不過，再細細回想夢裏老爺
爺對他說的話，他又覺得，這可
不是一個普通的夢。

於是，唐敖就請求他，希望能跟着
他隨船出海。小山的舅舅答應了。

唐敖很高興，就離開家人，登上了遠去海外的商船。

大海茫茫……他不知道遠方會有甚麼在等待着他。他也不知道，那位老爺爺在夢裏說給他的那些話，是真還是假。

 鏡花緣

紅蕖姐姐

蔚藍色的大海，無邊無際……他們的商船在大海上航行着。

船上有一位掌舵的老人，大家都叫他「多九公」。

多九公見多識廣，知道很多大家不知道的事情。

<ruby>這<rt>zhè</rt></ruby><ruby>一<rt>yì</rt></ruby><ruby>天<rt>tiān</rt></ruby>，<ruby>商<rt>shāng</rt></ruby><ruby>船<rt>chuán</rt></ruby><ruby>來<rt>lái</rt></ruby><ruby>到<rt>dào</rt></ruby><ruby>了<rt>le</rt></ruby><ruby>一<rt>yí</rt></ruby><ruby>個<rt>gè</rt></ruby><ruby>名<rt>míng</rt></ruby><ruby>叫<rt>jiào</rt></ruby><ruby>東<rt>dōng</rt></ruby><ruby>口<rt>kǒu</rt></ruby><ruby>山<rt>shān</rt></ruby><ruby>的<rt>de</rt></ruby><ruby>地<rt>dì</rt></ruby><ruby>方<rt>fang</rt></ruby>，<ruby>大<rt>dà</rt></ruby><ruby>家<rt>jiā</rt></ruby><ruby>下<rt>xià</rt></ruby><ruby>了<rt>le</rt></ruby><ruby>船<rt>chuán</rt></ruby>。

<ruby>突<rt>tū</rt></ruby><ruby>然<rt>rán</rt></ruby>，<ruby>山<rt>shān</rt></ruby><ruby>上<rt>shang</rt></ruby><ruby>刮<rt>guā</rt></ruby><ruby>起<rt>qǐ</rt></ruby><ruby>一<rt>yí</rt></ruby><ruby>陣<rt>zhèn</rt></ruby><ruby>陰<rt>yīn</rt></ruby><ruby>森<rt>sēn</rt></ruby><ruby>森<rt>sēn</rt></ruby><ruby>的<rt>de</rt></ruby><ruby>大<rt>dà</rt></ruby><ruby>風<rt>fēng</rt></ruby>。<ruby>接<rt>jiē</rt></ruby><ruby>着<rt>zhe</rt></ruby>，<ruby>從<rt>cóng</rt></ruby><ruby>路<rt>lù</rt></ruby><ruby>邊<rt>biān</rt></ruby><ruby>跳<rt>tiào</rt></ruby><ruby>出<rt>chū</rt></ruby><ruby>來<rt>lái</rt></ruby><ruby>一<rt>yì</rt></ruby><ruby>隻<rt>zhī</rt></ruby><ruby>毛<rt>máo</rt></ruby><ruby>色<rt>sè</rt></ruby><ruby>斑<rt>bān</rt></ruby><ruby>斕<rt>lán</rt></ruby><ruby>的<rt>de</rt></ruby><ruby>大<rt>dà</rt></ruby><ruby>老<rt>lǎo</rt></ruby><ruby>虎<rt>hǔ</rt></ruby>！<ruby>大<rt>dà</rt></ruby><ruby>老<rt>lǎo</rt></ruby><ruby>虎<rt>hǔ</rt></ruby><ruby>一<rt>yì</rt></ruby><ruby>聲<rt>shēng</rt></ruby><ruby>怒<rt>nù</rt></ruby><ruby>吼<rt>hǒu</rt></ruby>，<ruby>把<rt>bǎ</rt></ruby><ruby>大<rt>dà</rt></ruby><ruby>家<rt>jiā</rt></ruby><ruby>都<rt>dōu</rt></ruby><ruby>嚇<rt>xià</rt></ruby><ruby>住<rt>zhù</rt></ruby><ruby>了<rt>le</rt></ruby>。

正在緊急關頭，從山石後面射出一支利箭，箭頭正中老虎的眼睛。

「好厲害的弓箭手啊！」三個人齊聲誇獎說。

tā lí kāi jiā xiāng hěn jiǔ le hěn xiǎng huí dào jiā xiāng qù
她離開家鄉很久了，很想回到家鄉去。

yuán lái zhè zhī jiàn shì yí gè
原來，這支箭是一個
jiào hóng yè de xiǎo jiě jie shè chū de
叫紅葉的小姐姐射出的。

táng áo hěn gāo xìng rèn shi tā bìng dā ying tā yí dìng bǎ tā
唐敖很高興認識她，並答應她，一定把她
dài huí jiā xiāng qù
帶回家鄉去。

來到君子國

lí kāi dōng kǒu shān　shāng chuán yòu lái
離開東口山，商船又來
dào le yí gè xīn de dì fang　jūn zǐ guó
到了一個新的地方：君子國。

jūn zǐ guó li rén rén dōu shí fēn jiǎng lǐ mào
君子國裏人人都十分講禮貌，
cóng lái bù zhēng yě bù chǎo
從來不爭也不吵。

táng áo kàn jiàn yǒu xǔ duō rén zài mǎi mài dōng xi　qí
唐敖看見有許多人在買賣東西，其
zhōng yǒu liǎng gè rén zhèng zài tán lùn jià qian
中有兩個人正在談論價錢。

一個人手裏拿着東西，對賣主說：「拜託，您這麼好的東西，價錢卻賣得這麼低，所以請您無論如何也要再多加一點兒價錢吧！」

那個賣東西的人着急地爭辯着說：「哎呀，您怎麼可以這麼說呢！您知道嗎，像這麼差的東西，我剛才出的價錢已經夠高了，沒想到，您還要抬高價錢！既然這樣，建議您還是到別家去看看吧！」

兩個人爭來爭去，最終還是
沒有結果。

最後，買主一賭氣放下錢，
只拿了一半的貨物就離開了。

賣主呢，跟在後面大聲叫道：「哎，
有沒有搞錯啊！您給的錢太多了，東西
拿得太少了！」
這樣的場景，讓唐敖看呆了。

救出錦楓

告別了君子國，他們的商船繼續向前航行。湛藍的海水在陽光下閃爍着迷人的光芒。

突然，唐敖聽到遠處傳來一陣「救命」的呼喊聲。他們尋着聲音的方向看過去。

原來是一個老漁夫將一個小姑娘綁在了他的船上，說要把她賣掉。

老漁夫說：
「我已經好幾天
沒有捕到魚了，
今天運氣不錯，
正好網住了這
個女孩子。」

「使不得
啊，老人家！
這可是一條命
啊！」唐敖勸
老人把小姑娘
放了。

老人堅決
不肯。最後，
唐敖給了老漁
夫一些錢，救
出了小姑娘。

xiǎo gū niang de lǎo jiā yě zài lǐng nán　　yīn wèi duǒ bì zhàn luàn　　yì
小姑娘的老家也在嶺南。因為躲避戰亂，一
jiā rén cái táo dào le hǎi wài
家人才逃到了海外。

原來，這個小姑娘名
叫錦楓，因為下海去給生
病的媽媽撈海參，不巧被
老漁夫給網住了。

yuán lái　　zhè ge xiǎo gū niang míng
原來，這個小姑娘名
jiào jǐn fēng　　yīn wèi xià hǎi qù gěi shēng
叫錦楓，因為下海去給生
bìng de mā ma lāo hǎi shēn　　bù qiǎo bèi
病的媽媽撈海參，不巧被
lǎo yú fū gěi wǎng zhù le
老漁夫給網住了。

táng áo duì jǐn fēng hé tā de mā ma shuō　　qǐng fàng xīn　　wǒ yí
唐敖對錦楓和她的媽媽說：「請放心，我一
dìng huì bǎ nǐ men dài huí jiā xiāng de
定會把你們帶回家鄉的。」

大人國

這一天，他們的船又
來到了大人國。

在大人國裏，人人都身材高大。每
個人腳下都踩着一團彩雲。

唐敖問多九公：「他們腳下的雲彩為甚麼會有不同的顏色呢？」

多九公說：「只要誰的心是光明正大的，腳下就會是五彩雲，相反就會是黑雲。所以，為了不讓自己的腳下生出黑雲，在大人國裏，每個人遇見好事都會搶着去做呢！」

táng áo xiào zhe shuō hā hā zhè yàng yì
　　唐敖笑着說：「哈哈，這樣一
lái rú guǒ shéi zuò le shén me huài shì dà jiā
來，如果誰做了甚麼壞事，大家
bú shì dōu huì zhī dào le ma
不是都會知道了嗎？」

duō jiǔ gōng shuō duì ya bú guò zhè
　　多九公說：「對呀！不過，這
xiē yún de yán sè shì kě yǐ gǎi biàn de wú lùn
些雲的顏色是可以改變的，無論
shì shéi zhǐ yào lè yì gǎi zhèng cuò wù yún de
是誰，只要樂意改正錯誤，雲的
yán sè zì rán jiù huì fā shēng biàn huà
顏色自然就會發生變化。」

唐敖說：「這樣多好啊！是好人還是壞人，一看他們腳下的雲就知道了。」

多九公說：「這就叫看雲彩識良心。你想想，要是人人腳下都有一朵可以看出良心的雲，還有誰敢去做壞事呢？」

美麗的小人魚

這一天，天氣晴朗，海面上沒有一點兒風浪。白色的海鷗歡叫着，不停地追着大船飛翔。

商船順風而行，來到了「玄股國」。玄，就是黑色的意思；股，是指人的小腿和腳。

因為這裏的人小腿和腳都是黑色的，所以他們的國家取名為「玄股國」。

gāng yí xià chuán　táng áo jiù kàn jiàn le yú fū men zhuō dào de xǔ duō qí guài de yú
剛一下船，唐敖就看見了漁夫們捉到的許多奇怪的魚。

yǒu hún shēn sàn fā zhe lán huā xiāng wèi de yú　　hái
有渾身散發着蘭花香味的魚，還
yǒu jiào qǐ lái jiù xiàng xiǎo gǒu de jiào shēng yí yàng de yú
有叫起來就像小狗的叫聲一樣的魚。

yǒu yí gè yú fū jīn tiān de shōu huò hěn dà　　tā
有一個漁夫今天的收穫很大，他
wǎng zhù le hěn duō měi lì de 「xiǎo rén yú」
網住了很多美麗的「小人魚」。

這些魚的上身像女人，下身卻是魚尾，還長了四隻腳，發出的聲音就像小孩子的哭聲。

這些小人魚發出一陣陣叫聲，好像正在苦苦哀求漁夫放了她們。

唐敖覺得她們太可憐了，就花了一些錢，買下了她們，把她們放回了大海。

「願你們在大海裏生活得幸福平安！」唐敖說。

小人魚們對唐敖點了點頭，然後沉進海裏遊走了。

長人國 小人國和

這天，
táng áo tā men yòu
唐敖他們又
lái dào le yí gè
來到了一個
xīn de dì fang
新的地方：
xiǎo rén guó
小人國。

xiǎo rén guó de rén dōu hěn ǎi xiǎo
小人國的人都很矮小，
tā men de shēn cái zhǐ yǒu táng áo tā men
他們的身材只有唐敖他們
yí bàn nà me gāo
一半那麼高。

zhè xiē xiǎo rénr dà bái tiān chū mén dōu bì xū dài shàng wǔ qì
這些小人兒大白天出門都必須帶上武器。
bù rán tā men jiù huì bèi yì xiē dà niǎo xiàng diāo xiǎo jī nà yàng gěi diāo
不然，他們就會被一些大鳥像叼小雞那樣給叼
zǒu le
走了！

唐敖走進小人國的城門口時，得把
身子彎下來，不然就無法進入城門。

過馬路時，他也必須小心翼翼
的，因為一不留神，就會撞到或
踩到那些身子矮小的居民。

「在這裏生活實在太受拘
束了，我可受不了！」唐敖不
喜歡這個小人國。他逛了不
一會兒，就回到船上去了。

唐敖想找一個長人國的人來和自己比比看。可是，沒過多會兒，他就氣喘吁吁地跑回來了。

不一會兒，他們又來到了長人國。

大家都覺得奇怪，趕緊問他：「發生了甚麼事？為甚麼跑得這麼急呀？」

「唉，太可怕了！他們太高大了！」唐敖一邊說着一邊拍着胸口，一副驚魂未定的樣子。

原來，長人國的人高得似乎要把頭伸到天上去了。唐敖和他們一比，還沒有人家的腳背高呢！

怪獸來了

離開了長人國，他們又來到了一座高高的大山下。山上有茂密的森林，森林裏有很多稀奇古怪的動物。

唐敖他們三人決定下船去仔細看看。不久，從山的東邊跑過來很多野獸。

pǎo zài zuì qián miàn de　　shì yì zhī hún shēn qīng huáng　tóu shang hái
跑在最前面的，是一隻渾身青黃、頭上還
zhǎng zhe yì zhī dú jiǎo de guài shòu
長着一隻獨角的怪獸。

táng áo chī jīng de dà jiào　　nǐ men
唐敖吃驚地大叫：「你們
kàn　　qí lín　　zhè jiù shì qí lín
看，麒麟！這就是麒麟！」

dà jiā gǎn kuài jìn le shù lín li　　cáng zài shù hòu mian
大家趕快進了樹林裏，藏在樹後面。

可是，唐敖剛才的一聲驚叫，嚇到了這些野獸。

於是，所有的野獸都向他們撲了過來！

幸好，一個獵手打扮的女孩子出現在他們面前，趕跑了那些怪獸。

這個女孩子名叫紫櫻，是唐敖的一個失散的老朋友的女兒。

唐敖說：「謝謝你救了我們！請你放心，等我回去時，一定把你帶回家鄉去。」

然後，他們的商船又繼續向前航行。

小人魚報恩

不久，唐敖他們又來到了厭火國。厭火國的人長得可難看了！

他們說起話來嘰嘰咕咕的，好像在跟人吵架一樣。而且他們總是伸着手，向唐敖他們要東西。

táng áo tā men bù kěn gěi tā men dōng
唐敖他們不肯給他們東
xī tā men jiù shēng qì le yí gè
西，他們就生氣了，一個
gè zhāng kāi dà zuǐ chōng zhe tā men pēn qǐ
個張開大嘴，衝着他們噴起
huǒ lái
火來。

bù yí huìr shāng chuán qǐ huǒ le dà jiā zhǐ hǎo yì qǐ
不一會兒，商船起火了！大家只好一起
quán lì pū huǒ pū le hǎo yí zhèn zi dà jiā réng rán méi yǒu bàn fǎ
全力撲火。撲了好一陣子，大家仍然沒有辦法
bǎ huǒ pū miè
把火撲滅。

就在這時，大海上突然浮出了一大群小人魚，有好幾百條呢！

只見小人魚們一齊對着大船噴起水來，很快，就把船上的火給撲滅了。

原來，那次唐敖救了小人魚們，她們就一直悄悄地跟在商船後面，不為別的，就是為了找個機會，報答唐敖他們的救命之恩呢！

dà huǒ pū miè le　　xiǎo rén yú men dōu qiāo qiāo de yóu zǒu le
大火撲滅了，小人魚們都悄悄地遊走了。
liáo kuò de dà hǎi shang　　piāo sàn zhe xiǎo rén yú men yóu guò hòu liú xià de bái sè de pào mò
遼闊的大海上，飄散着小人魚們遊過後留下的白色的泡沫……

唐敖他們在茫茫的大海上，已經航行了好多日子。

他們一路上還經過了勞民國、無腸國、兩面國、穿胸國、無繼國、深目國、白民國、壽麻國、結胸國、翼民國等千奇百怪的國家。

這一天，他們的商船又來到了另一個陌生的國家：智佳國。

本來，這一天是中國的傳統節日中秋節。

可是，他們來到這裏，不是過中秋節，而是過元宵節。

八月十五猜燈謎

八月十五猜燈謎？有沒有搞錯啊？應該是正月十五猜燈謎嘛！
原來，這是一個奇怪的國家裏的一個奇怪的風俗。

這是因為，這裏的一月天氣寒
冷，大家都不願出門，所以過年的時
候總是冷冷清清的。

八月這個季節，正好不冷不熱
的，大家可以盡情地出門玩耍。

於是，這裏的人就把每年的八月
初一定為元旦，八月十五日正好是元
宵節。

「既然今天是人家的元宵節，那我們就一起去猜燈謎吧！」

他們跟着人群，來到了一個最熱鬧的地方。

有一群人正圍在那裏猜燈謎。

唐敖、多九公和林之洋三人一起擠了進去。

唐敖指着一條燈謎問：「分明眼底人千里，打一個國名，請問謎底是不是『深目國』？」

主持人一臉驚喜的樣子，說：「完全正確！恭喜，您答對了。」

「我也來試一試！猜對了有甚麼獎品嗎？」林之洋一邊嚷嚷着，一邊尋找着專門猜國名的燈謎。

他一連猜出了好幾個國名。

「千金之子」，他猜出的謎底是
「女兒國」；「孩提之童」，謎底當然
是「小人國」了。就這樣，三個人
在猜燈謎的地方玩了好一會兒。

當然，他們也猜中了不少燈謎，
得到了不少獎品。三人大笑着，抱着
獎品，高高興興地回到了船上。

這時候，一輪
圓圓的明月，已經
升起在遼闊的大
海上空⋯⋯

好笑的女兒國

這一天，他們又來到了女兒國。

「請問多九公，這個女兒國和《西遊記》裏去西天取經的唐僧經過的女兒國，有甚麼不同嗎？」唐敖問。

「當然不一樣啦！這個女兒國裏也有男人，不同的是，這裏的男人和女人的身份標誌，正好和我們那裏相反。比如，他們這裏的男人都是穿着女人的衣裙，樣子也像女人；女子呢，都穿着男人的衣裳。」

他們走到一戶人家的門前，看見一個「女人」，一頭黑髮在腦後盤成一個髮髻，頭上插了好多翡翠之類的小玩意兒，耳朵上吊着一對大耳環。

這個「女人」正在專心地
做着一雙繡花鞋。
　　突然，唐敖「噗哧」一聲
笑出了聲。那個埋頭做事的
「女人」被嚇了一跳！

原來，唐敖看見，在這個「女人」細細
的眉毛下面，是一臉茂盛的鬍子！在長滿
了鬍子的臉上，還搽着一層厚厚的胭脂呢！

tīng dào táng áo de xiào shēng   nà ge   nǚ rén   lián máng tái qǐ tóu lái
聽到唐敖的笑聲，那個「女人」連忙抬起頭來，
shuō   wèi   nǐ xiào shén me   nán dào méi yǒu kàn jiàn guò nǚ rén ma
說：「喂！你笑甚麼？難道沒有看見過女人嗎？」
zhè ge   nǚ rén   yì kāi kǒu   táng áo tīng dào de shì yì zhǒng cū shēng
這個「女人」一開口，唐敖聽到的是一種粗聲
cū qì de nán rén shēng yīn
粗氣的男人聲音！

táng áo xià de gǎn jǐn pǎo kāi le
唐敖嚇得趕緊跑開了⋯⋯

唐敖不見了

táng áo tā men jīng guò le yí gè gè
唐敖他們經過了一個個
qí guài de guó jiā　　yě jiù chū le yí gè
奇怪的國家，也救出了一個
yòu yí gè cōng míng de nǚ hái zi
又一個聰明的女孩子。

táng áo suàn le suàn　　bù duō bù shǎo　zhèng hǎo
唐敖算了算，不多不少，正好
shí èr gè
十二個！

mò fēi　　　　mò fēi tā men jiù shì zài mèng li
「莫非……莫非她們就是在夢裏，
nà ge lǎo yé ye suǒ shuō de shí èr wèi huā xiān zǐ
那個老爺爺所說的十二位花仙子？」
táng áo jué de　　zhè yí lù shang hǎo xiàng yǒu yì
唐敖覺得，這一路上好像有一
zhǒng kàn bú jiàn de dōng xi　　yì zhí zài qiāo qiāo de zhǐ yǐn
種看不見的東西，一直在悄悄地指引
zhe tā
着他……

這一天，一場大風暴把他們
的船吹到了一個非常美麗的地方。

多九公說：「哎呀，我想起來了！這
裏就是海外的最南邊，名叫『小蓬萊』！」

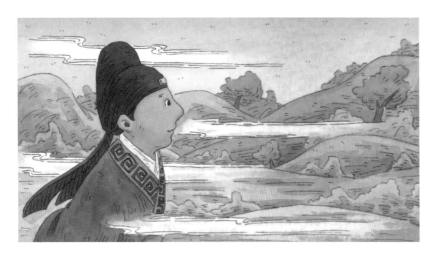

原來，這裏就是傳說
中的仙境。他們愈是朝前
走，風景愈是優美。唐敖
感覺自己真的像進入了仙
境一樣，再也不想回家了。

第二天早晨，大海上風平浪靜了。可是，快要開船的時候，大家發現，唐敖不見了！

原來，唐敖是故意悄悄地離開了大家，躲進了小蓬萊的深山裏，再也不肯出來了。

多九公對大家說：「我們不用再找他了，想必他已經成仙去了……」

林之洋流着眼淚讓水手升起了風帆。船緩緩地離開了小蓬萊。

小山尋親

shāng chuán huí lái hòu　xiǎo shān zhī dào
商船回來後，小山知道
bà ba liú zài le hǎi wài de xiǎo péng lái shān
爸爸留在了海外的小蓬萊山
shang bù kěn huí jiā　xīn li shí fēn nán guò
上不肯回家，心裏十分難過。

tā duì jiù jiu shuō
她對舅舅說：「下一次出海時，我
yí dìng yào gēn zhe nǐ men yì qǐ chū hǎi　dào nà li qù
一定要跟着你們一起出海，到那裏去
bǎ bà ba zhǎo huí lái
把爸爸找回來！」

xiǎo shān zhǔ yi yǐ
小山主意已
dìng　shéi lái quàn zǔ dōu méi
定，誰來勸阻都沒
yǒu yòng
有用。

yú shì　jiù jiu zhǐ
於是，舅舅只
hǎo dā ying xià lái　xià cì
好答應下來，下次
chū hǎi yí dìng dài shàng xiǎo
出海一定帶上小
shān　bìng qiě yí dìng yào zài
山，並且一定要再
qù nà ge jiào xiǎo péng lái de
去那個叫小蓬萊的
dǎo yǔ yí tàng
島嶼一趟。

從此，小山每天都把一些桌椅上上下下、高高低低地擺放在院子裏，一遍遍地在上面練習行走。

媽媽不解地問她：「你這是在做甚麼啊？」

小山說：「練習腳力。聽舅舅說，那裏的山路很不好走，我要練好腳力，即使走遍了整座大山，也要把爸爸找回來！」

méi guò duō jiǔ　　shāng chuán zhǔn bèi zài cì chū fā le
沒過多久，商 船 準備再次出發了。

xiào shùn　dǒng shì
孝順、懂事
de xiǎo shān　bài bié le
的小山，拜別了
mā ma　　dì di　　hái
媽媽、弟弟，還
yǒu shū shu shěn shen yì
有叔叔嬸嬸一
jiā　　rán hòu gēn zhe jiù
家，然後跟着舅
jiu dēng shàng le bà ba zuò
舅登上了爸爸坐
guò de nà sōu chuán　cháo
過的那艘船，朝
zhe máng máng de dà hǎi yuǎn
着茫茫的大海遠
háng qù le
航去了。

爸爸，你在哪裏

wú biān de dà hǎi　juǎn qǐ céng céng bō tāo　rì rì yè yè bù tíng de yǒng dòng zhe　yǒng dòng zhe
無邊的大海，捲起層層波濤，日日夜夜不停地湧動着、湧動着……

xiǎo shān zuò zài chuán tóu　wàng zhe hēi yè li de dà hǎi　hǎi fēng chuī
小山坐在船頭，望着黑夜裏的大海。海風吹
zhe tā dàn bó de yī shān　chuī zhe tā cháng cháng de tóu fa
着她單薄的衣衫，吹着她長長的頭髮。
　　tā de xīn li　yì zhí zài qīng qīng de hū huàn zhe　bà ba bà
　　她的心裏，一直在輕輕地呼喚着：「爸爸，爸
ba　nǐ zài nǎ lǐ
爸，你在哪裏？」

xún zhǎo bà ba de lù shì nà
　　尋找爸爸的路是那
me yáo yuǎn　yòu shì nà me jiān xīn
麼遙遠，又是那麼艱辛。
yì tiān tiān　yòu yì tiān tiān de guò
一天天、又一天天地過
qù le
去了。

73

xiǎo shān zài shān shang kǔ kǔ de xún zhǎo le shí jǐ
小山在山上苦苦地尋找了十幾
tiān　　réng rán bú jiàn bà ba de yǐng zi　　tā méi yǒu
天，仍然不見爸爸的影子。她沒有
fàng qì　　jì xù xún zhǎo
放棄，繼續尋找。

shān shang de yè wǎn lù shuǐ hěn zhòng　　shān fēng chuī
山上的夜晚露水很重，山風吹
lái　　tā lěng de zhí dǎ duō suo　　kě shì　　tā yì diǎnr
來，她冷得直打哆嗦。可是，她一點
yě bù gǎn dào hài pà
兒也不感到害怕。

lèi le tā jiù zhǎo gè gān jìng de shí dòng zài
累了，她就找個乾淨的石洞，在
lǐ miàn guò yí yè
裏面過一夜。

è le tā jiù zhāi yì xiē yě guǒ hé sōng zǐ
餓了，她就摘一些野果和松子
chōng jī
充饑……

xiǎo shān zài xīn li yí biàn biàn de duì zì jǐ shuō bú yào hài pà yí dìng huì zhǎo dào bà ba de
小山在心裏一遍遍地對自己說：不要害怕，一定會找到爸爸的！

那麼，小山最終能夠找到她的
爸爸嗎？

對了，投生到人間變成了小山的
那個百花仙子，還能夠回到天上嗎？

還有，我們講述的這個故事，最後的結局會是怎樣的呢？

wǒ de gù shi jiù xiān jiǎng dào zhè lǐ la
我的故事就先講到這裏啦。

親愛的小朋友們，等你再長大一些，親自去找來這本名叫《鏡花緣》的書看一看，就知道故事的結局了！

從小讀經典 6
鏡花緣

[清] 李汝珍　著

圖 / 屈明月

文 / 徐魯（改寫）

責任編輯：梁健彬
裝幀設計：立青
排　版：陳美連
印　務：劉漢舉

出版 / 中華教育

香港北角英皇道 499 號北角工業大廈 1 樓 B
電話：（852）2137 2338
傳真：（852）2713 8202
電子郵件：info@chunghwabook.com.hk
網址：http://www.chunghwabook.com.hk

發行 / 香港聯合書刊物流有限公司

香港新界大埔汀麗路 36 號 中華商務印刷大廈 3 字樓
電話：（852）2150 2100
傳真：（852）2407 3062
電子郵件：info@suplogistics.com.hk

印刷 / 美雅印刷製本有限公司

香港觀塘榮業街 6 號海濱工業大廈 4 樓 A 室

版次 / 2018 年 2 月第 1 版第 1 次印刷

© 2018 中華教育

規格 / 16 開（226mm x 190mm）
ISBN / 978-988-8512-05-8